Le Corbusier

Mensagem aos estudantes de arquitetura

Tradução
REJANE JANOWITZER

Revisão técnica e notas
ROSA ARTIGAS

martins
Martins Fontes

O original desta obra foi publicado em francês com o título
Entretien avec les étudiants des écoles d'architecture
© 1943, Fondation Le Corbusier
All rights reserved
© 2005, Livraria Martins Fontes Editora Ltda., São Paulo.

Tradução
Rejane Janowitzer

Revisão técnica, notas e biografias
Rosa Artigas

Preparação
Beatriz Chaves
Tereza Gouveia

Revisão
Eliane Santoro

Produção gráfica
Lívio Lima de Oliveira

**Dados Internacionais de Catalogação na Publicação (CIP)
(Câmara Brasileira do Livro, SP, Brasil)**

Le Corbusier, 1887-1965.
   Mensagem aos estudantes de arquitetura / Le Corbusier ;
tradução Rejane Janowitzer ; revisão técnica e notas Rosa Artigas. --
São Paulo : Martins, 2006. -- (Coleção Todas as artes)

   Título original: Entretien avec les étudiants des écoles d'architecture.
   Bibliografia.
   ISBN 85-99102-32-X

   1. Arquitetura 2. Arquitetura - Estudo e ensino 3. Urbanismo
I. Título. II. Série.

06-0657   CDD-720

Índices para catálogo sistemático:
1. Arquitetura e urbanismo   720

Todos os direitos desta edição para o Brasil reservados à
Livraria Martins Fontes Editora Ltda. *para o selo* **Martins**.
Rua Conselheiro Ramalho, 330
01325-000   São Paulo SP Brasil
Tel. (11) 3241.3677   Fax (11) 3115.1072
info@martinseditora.com.br
www.martinseditora.com.br

SUMÁRIO

A palavra de hoje	11
Aos estudantes das Escolas de Arquitetura	16
I. O desassossego	17
Onde fica a arquitetura?	17
II. Construir moradias	25
III. A arquitetura	35
IV. Um ateliê de pesquisas	65
Apêndice	75
Biografias	75
Edições brasileiras das obras de Le Corbusier	79

Eu gostaria de conduzir ao exame de consciência e ao arrependimento os que, com toda a ferocidade de seu ódio, de seu medo, de sua indigência de espírito, de sua ausência de vitalidade, dedicam-se com tenacidade nefasta a destruir ou a combater o que há de mais bonito neste país – a França – e nesta época: a invenção, a coragem e o gênio criativo especialmente ligado às questões da construção – questões nas quais coexistem a razão e a poesia, nas quais se aliam a sabedoria e o projeto.
Quando as catedrais eram brancas, a Europa já havia organizado as profissões e a busca imperativa das técnicas...

L.-C.
Quand les cathédrales étaient blanches

Tornaram-se meus inimigos pessoais: os que pervertem, os que entristecem, os que enfraquecem, os retrógrados, os lerdos e os farsantes.

Desprezo tudo que diminui o homem: tudo que tende a torná-lo menos sábio, menos confiante ou menos alerta. Pois não aceito que a sabedoria esteja sempre acompanhada de lentidão e de desconfiança. É também por isso que creio, freqüentemente, haver mais sabedoria na criança do que no velho.

André Gide
Les nouvelles nourritures

A PALAVRA DE HOJE

Foi durante a ocupação. Na França, a arquitetura moderna tinha sido denunciada como portadora de um mau espírito, responsável por uma parte do desassossego. Ela havia traído a tradição, aberto horizontes nefastos. Acrescente-se que a acusação vinha tanto das autoridades nazistas quanto das autoridades moscovitas. Durante esses pesados anos eu publiquei *Sur les quatre routes*[*] [Nas quatro estradas], *Destins de Paris* [Destinos de Paris], *La maison des hommes* [A casa dos homens] com François de Pierre-feu, *Carta de Atenas* com um discurso preliminar de Jean Giraudoux. Em seguida fundei a Assemblée de constructeurs pour une rénovation architecturale, associação aberta a profissionais de todas as disciplinas: construtores, sociólogos, economistas, biólogos etc. Onze

---

[*] As obras de Le Corbusier ainda não traduzidas no Brasil tiveram, aqui, seus títulos traduzidos entre colchetes. Uma lista de suas edições brasileiras encontra-se no Apêndice. (Nota de Edição)

subcomissões se reuniam a cada quinze dias; vinte e dois comitês por mês, ao todo, para estudar o campo da construção. Eu presidia esses comitês, procurando mantê-los em linhas de pesquisas contíguas. Qualquer idéia desinteressada de dinheiro e vaidade pode abrir caminhos e desenhar sua trajetória. Textos foram redigidos e publicados parcialmente assim que foi possível: *Planejamento urbano*, *Os três estabelecimentos humanos* etc. Um dia, jovens da Escola de Belas-Artes de Paris me pediram para abrir um ateliê livre. Declinei da oferta. "Então nos envie uma mensagem!" Resultado: um livrinho, feito com bastante cuidado, para agradar aos jovens. Esgotou-se e desapareceu das livrarias. Alguns anos se passaram... De novo, e com muita insistência, os alunos da Belas-Artes me pediram um ateliê Le Corbusier."Obrigado, caros amigos, mas minha resposta é não. Ensinar o quê? A filosofia da vida? A de um homem de 70 anos?" Em 1927, 'um ensino Corbu' espontâneo foi estabelecido com a publicação de *L'œuvre complète L. C.* [Obra completa L. C.] em Zurique, por Willy Boesiger. Esse rapaz notável era um jovem arquiteto; trinta anos se passaram sobre seus cabelos (assim como sobre os meus). Eu fixara uma linha de conduta: nenhum elogio, nenhuma explosão literária; em compensação, uma documentação impecável. Tratava-se do seguinte: todos os planos, todos os cortes, todas as elevações forneciam a biologia e a anatomia rigorosa das obras consideradas. Textos explicativos, legendas detalhadas, as cotas necessárias etc. etc. Boesiger fez de *Œuvre complète* uma moderna manifestação de ensino. Pelo menos, se trata da *minha* manifestação de ensino. Caros jovens amigos, respondi, assim, ao pedido de vocês. De todo modo, vocês não estavam querendo fazer de mim um pontífice? Estão ouvindo, com isso, a palavra de hoje, e de maneira tão fiel quanto é fiel a vida ligada a meu corpo. Quando ela tiver me deixado, aí então...

Paris 6 septembre 1957

Le Corbusier

Aos estudantes
das Escolas de Arquitetura

Hoje me dirijo a vocês a pedido de alguns de seus colegas, a fim de romper a barreira das idades, de entrar em contato amistoso, a fim ainda de dissipar diversos mal-entendidos provocados por gente interessada em nosso desacordo; afastadas as intrigas, verificaremos que estamos igualmente impelidos pela fé na coisa construída: vocês, com a sua sede de aprender; eu, com um ardor também grande, apoiado em uma experiência de quarenta anos que me dispõe mais do que nunca às descobertas.

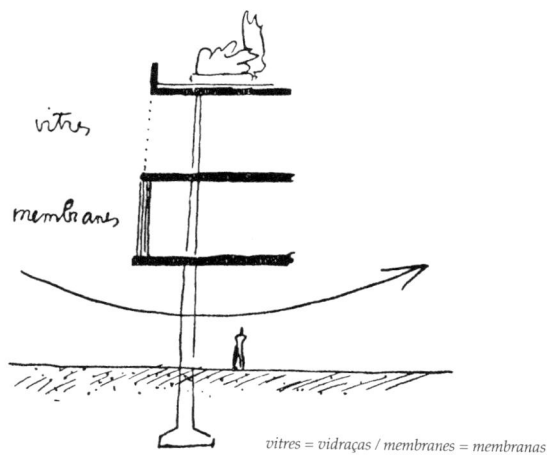

vitres = vidraças / membranes = membranas

I. O DESASSOSSEGO

Onde fica a arquitetura?

Nunca uma sociedade se viu tão desamparada quanto na nossa época, quando perdeu e rompeu o contato entre seu aparato material e os elementos naturais de sua conduta espiritual. Ruptura de contato entre fins e meios, ausência de linha de conduta. No campo da construção, a incoerência chegou ao máximo, a um estado de espírito bizantino que priva de objetivos sensatos os mais prodigiosos meios de realização de que uma civilização já pôde dispor. No momento de seu maior poder material, eis o homem privado de perspectivas. Guia da civilização branca, a França é o teatro dessa desordem. As demandas de nossa sociedade maquinista são imensas, tanto em nosso país como no mundo inteiro. Temos de reconstruir as regiões castigadas pela guerra, mas isso não é nada; o país inteiro não deveria, há muito tempo, se construir, se reconstruir, se reconstituir como se reconstituem as células de um tecido ou as famílias em seus lares, com o nascimento de gerações novas, realizando assim o jogo eterno da vida? Ai de nós! Estávamos profundamente adormecidos e uma camada de poeira estava sobre o país. Eu sei que era a bela, agradável e lisonjeira poeira de uma história especialmente brilhante, a de uma nação que foi excepcionalmente viva, alerta, empreendedora, corajosa, temerária, feliz, otimista, ressoante de canções, de clarins, cintilando com a roupagem de uma arte que jorra de todas as coisas, considerada durante muito tempo como mestra por outras nações. Mas essa poeira, que desenhava em volta de nossas consciências um halo lisonjeador, não era mais do que a luz difusa ainda perceptível de um fogo extinto já há algum tempo. Dormíamos, quando teria sido necessário construir peça por peça essa nova civilização surgida há cem anos com a primeira locomotiva. Contudo, havia aqui gente preocupada com isso, tanto quanto ou mais claramente que em outros lugares; não faltaram profetas, durante o século XIX e a primeira metade do século XX, para refletir, descobrir, anunciar, proclamar... E por isso foram acusados, amaldiçoados, rejeitados. Foram considerados agitadores: sábios, pensadores, sociólogos, artistas.

Do lado de fora – no universo – ocorriam, paralelamente, as conquistas e as devastações de uma revolução técnica de onde surgiria, na hora fatídica, a conclusão filosófica: *a revolução de consciência está a nossa espera.*

Mas técnica e consciência são as duas alavancas da arquitetura sobre as quais se apóia a arte de construir.

Vimos rachar, desabar mesmo, valores seculares, milenares. As velocidades mecânicas difundiram uma nova informação em todos os pontos do território. Relações naturais foram violadas, e o homem, de alguma maneira desnaturalizado, foi abandonando suas vias tradicionais, perdendo pé, acumulando horrores em seu entorno, fruto de sua desclassificação: sua casa, sua rua, sua cidade, seu subúrbio, seus campos. Um meio construído novo e invasivo, ignóbil, ridículo, grosseiro, cruel e feio, conspurcando paisagens, cidades e corações.

Tudo se consumou, levado aos limites do pior – catástrofe concluída. O homem desses cem anos sublimes e lastimáveis, em completa desordem, entulhou o solo com os detritos de sua ação. A arquitetura morre, outra nasce! Será preciso encará-la, de agora em diante!

Apenas os jovens são suficientemente livres e ainda desinteressados para poder constituir a força a ser reunida em torno dessa arquitetura renascente. Os mais velhos estão engajados no velho jogo, nele têm interesses e hábitos arraigados; para eles, o gosto e o tempo da aventura já passaram. Uma página está sendo virada; essa página quem vira são vocês, gente jovem desta época extraordinária, que vão cobrir a página em branco com uma floração de grandeza e de intimidade.

Até agora, o ensino desenvolvido no país não incitou os jovens a se dedicar a essa criação, portanto, a esse esforço incansável sobre si mesmos. Estimularam-nos permanentemente ao comportamento contrário. Vejam antes de 1914: torcia-se o nariz para o 'estilo moderno'. Contudo, ao longo de uma geração, quanta gente corajosa se dedicou a ele de todo o coração! E, quando se chegou à etapa seguinte, a da reconstrução das regiões liberadas da guerra de 1914 a 1918, viu-se até onde nos havia conduzido o espírito de negação; uma das mais gigantescas empresas da França só conseguiu registrar em seu balanço um resultado igual a *zero*. Acontecimento relacionado apenas ao vil metal.

O reforço do espírito acadêmico seria levado ao máximo em uma circunstância excepcional: a elaboração dos planos para o Palácio das Nações em Genebra, em 1927. Tratava-se nada menos do que instaurar a arquitetura da época, de fixar sua direção, optando entre duas tendências da vida. O interesse era enorme; a afluência, significativa: 377 projetos chegam a Genebra, o que formaria, caso fossem colocados um ao lado do outro, perto de 14 quilômetros de planos. O academismo mostra suas armas; ele vela, age, salta, morde e mata... O que termina ajudando a abrir honestamente a porta para um novo ato da vida das sociedades, ato que acabaria sendo representado por um de seus mestres[1*] – hábil nesse tipo de operação – e que transforma a ocasião em cínica comédia, num embuste de 'tirar o chapéu', escapando à justiça penal, mas não ao veredicto do tempo. Pois a operação teve sucesso e, logo no dia seguinte, o beneficiário do ardil proclamava:

> Estou feliz pela arte, em suma: *a equipe francesa tinha por objetivo, quando cerrou fileiras, vencer a barbárie.* Chamamos de barbárie certa arquitetura ou, mais precisamente, certa antiarquitetura que faz furor há alguns anos na Europa Oriental e Setentrional, não menos horrorosa do que o estilo *coup de fouet*[**] que, felizmente, nós abatemos há uns vinte anos. Ela nega todas as belas épocas da história, insulta o bom senso e o bom gosto. Ela foi derrotada, está tudo bem...

A equipe francesa que cerrou fileiras era formada por *monsieur* Nénot, membro do Instituto, associado para a circunstância a *monsieur* Flegenheimer, arquiteto de Genebra

---

1. Charles Lemaresquier.

[*] No Apêndice encontra-se uma breve biografia dos arquitetos citados neste volume. (N. de E.)

[**] Estilo *art nouveau* em que predomina a curva sobre a linha reta. (Nota de Tradução)

(Suíça). O homem que proferiu o julgamento presunçoso reproduzido aqui foi o construtor, no passado, da Sorbonne e, ademais, um dos responsáveis pelo Monumento a Victor Emmanuel, de Roma, a inenarrável massa de mármore branco plantada no coração da Cidade Eterna e que funciona como a mais dolorosa e insuportável das fumaças, nos olhos do visitante. A 'antiarquitetura' evocada não é da Europa Oriental, mas da própria França, devidamente resultante da pesquisa perseverante dos construtores dos séculos XIX e XX, baseada em cálculos, nos materiais novos, aço, concreto armado e vidro e numa estética que reflete as grandes correntes em gestação na época: Labrouste, Eiffel, Séjourné, Baudot, Tony Garnier, Auguste Perret. Arquitetura vitoriosa, que somente depois da Primeira Guerra Mundial começou a se espalhar pelo Norte e pelo Leste europeus.

Vejam bem que a questão de tendência tinha sido colocada, que um retorno a fórmulas mortas fora premeditado, que a pancada tinha sido dada. A vida é forte, felizmente. O palácio foi construído pela academia, mas esta, para responder às exigências do programa, precisou plagiar e pilhar o adversário[2].

Desses fatos escandalosos nasceram os Ciam no Congresso de La Sarraz, em junho de 1928[3*], elite de arquitetos

---

2. Processo de plágio intentado por um dos premiados *ex-aequo* contra os arquitetos construtores do Palácio de Genebra.

3. Congrès Internationaux d'Architecture Moderne (Ciam) e Cirpac, seu Comitê diretor.

* O I Ciam, que aconteceu no castelo de La Sarraz, na Suíça, em junho de 1928, reuniu um grupo de 24 arquitetos europeus por iniciativa de Le Corbusier, Hélène de Mandrot, proprietária do castelo, e Sigfried Giedion. Entre os membros fundadores estavam: Karl Moser, escolhido como o primeiro presidente, Victor Bourgeois, Pierre Chareau, Josef Frank, Gabriel Guevrekian, Max Ernst Haefeli, Hugo Häring, Arnold Höchel, Pierre Jeanneret, André Lurçat, Ernst May, Fernando García Mercadal, Hannes Meyer, Werner Max Moser, Carlo Enrico Rava, Gerrit Rietveld, Alberto Sartoris, Hans Schmidt. (Nota de Revisão Técnica)

MENSAGEM AOS ESTUDANTES DE ARQUITETURA 23

e urbanistas do mundo inteiro proclamando o espírito dos projetos atuais, formando uma unidade em torno das grandes regras humanas da arte de construir e do urbanismo. Com exceção da França, os outros países enriqueceram espontaneamente com o conteúdo dos Ciam, que conferiu a alguns deles altas responsabilidades: Holanda, Bélgica, Suécia, Finlândia, Brasil, Estados Unidos, Suíça e muitos outros mais. O grupo Ciam-França não parou de propor sua colaboração ao país – mas sem sucesso – e muito particularmente durante a Exposição de 1937. Ele se manifestaria em seguida na publicação da *Carta de Atenas**, carta de urbanismo dos Ciam, precedida de um discurso liminar de Jean Giraudoux, esse poeta e pensador da França que, em *Pleins pouvoirs* [Plenos poderes] (1939), exortou seu país a se organizar em torno de uma noção elevada: espírito de grandeza e esplendor da imaginação.

A França, laboratório de idéias, se compraz há algum tempo em esmagar, desprezar, ignorar, rejeitar, desestimular seus inventores. Leviandade perigosa, como se viu durante acontecimentos recentes. Terra de grandes construtores, sede de tradições no campo da construção, palco de grandes descobertas revolucionárias da arte de construir, encontra-se hoje no ponto inferior de seu refluxo (de sua recusa). Pátria do arco ogival e das catedrais, das grandes construções

---

* *Carta de Atenas* (1933) é um dos textos mais importantes da arquitetura e do urbanismo modernos. Seu objetivo é propor meios para melhorar as condições de vida nas cidades, os quais devem possibilitar o desenvolvimento das quatro funções da vida humana: habitar, trabalhar, descansar e circular. (N. de R. T.)

de aço e vidro do século XIX, pátria também do concreto armado, compete-lhe naturalmente unir por fim os jovens e, com confiança e fé, impeli-los ao empreendimento e ao gosto do risco, engajando-os nesta obra adorável: dotar a civilização presente de uma morada digna.

Adoraria demonstrar para vocês aqui – e fazê-los admitir – que se trata de fato, hoje e com urgência, de construir por toda parte na terra francesa a morada digna dos homens, do trabalho, das coisas, das instituições, das idéias.

Findo, pois, o desassossego!

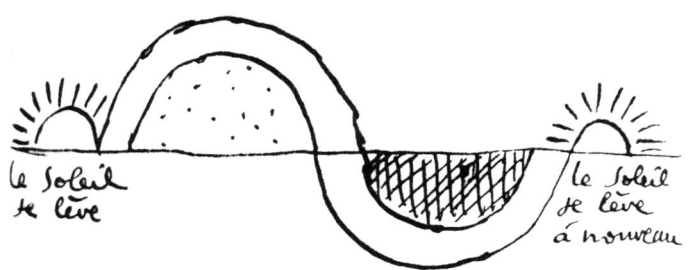

LA JOURNÉE SOLAIRE DE 24 HEURES RYTHME L'ACTIVITÉ DES HOMMES

Le soleil se lève = O sol se levanta / Le soleil se lève à nouveau = O sol se levanta novamente
La journée solaire de 24 heures rythme l'activité des hommes = A jornada solar de 24 horas dá ritmo à atividade dos homens

II. CONSTRUIR MORADIAS

Ocupação lícita de toda sociedade que se instala, de toda civilização que surge. Abrigar os homens primeiro, colocá-los ao abrigo das intempéries e dos ladrões, mas sobretudo montar em torno deles a paz de um lar, fazer tudo o que é preciso para que a existência decorra suas horas em harmonia, sem transgressão perigosa das leis da natureza. E não essa moradia tolerada da forma como é atualmente, a transação entre os poderes determinados pelo dinheiro: o lucro, a concorrência, a pressa, coisas que, após fazer o homem perder sua realeza, e após esmagar servidões, fizeram-no esquecer seu direito fundamental a uma vida decente.

Vocês sabem que na Escola de Belas-Artes de Paris, um dos mais conceituados locais de ensino de arquitetura, a habitação jamais fez parte dos programas. Nenhuma atenção dedicada ao que faz a vida de todos os seres: o cotidiano, esses momentos e essas horas passadas dia após dia, da infância à morte, dentro de quartos, lugares quadrados e simples que podem ser enternecedores ao constituírem, de fato, o teatro primordial onde atua nossa sensibilidade, a partir do momento em que abrimos os olhos para a vida.

Em 1920, quando criamos *L'Esprit Nouveau*[1]*, eu atribuíra à *casa* sua importância fundamental, qualificando-a de 'máquina de morar', e, assim, reclamando dela a resposta correta a um problema bem formulado. Programa exclusivamente humano, que recoloca o homem no centro da preocupação arquitetônica. Não me perdoaram o qualificativo, tanto em Paris como nos Estados Unidos, onde a máquina é rainha. 'Máquina', nos diz o dicionário, vem do latim e do grego com um significado de '*arte*' e 'engenho': 'aparelho combinado para produzir certos efeitos'. O termo 'engenho' nos introduz particularmente no problema que é apoderar-se da contingência – dessa precariedade movediça – para com ela constituir o quadro necessário e suficiente para uma vida que temos o poder de iluminar, elevando-a acima da terra por meio dos mecanismos da arte, com a atenção voltada para a felicidade dos homens.

Perseverei multiplicando as ocasiões de aprofundar por mim mesmo, e por intermédio de outros, esse debate capital. Fiz planos, conferências, livros. Em vinte livros e em três

---

1. *L'Esprit Nouveau*, revista de cultura e arte, publicada entre 1919 e 1925.

* Revista criada e dirigida por Le Corbusier e Ozenfant para divulgar os princípios do purismo. (N. de R. T.)

revistas², sempre recoloquei a habitação no centro das preocupações arquitetônicas e urbanísticas. Atitude muito revolucionária. Fui, então, simultaneamente atacado pela direita e pela esquerda e, ainda por cima, coberto de opróbrio pelos acadêmicos.

Em 1935, publicou-se *La ville radieuse** [A cidade radiante]. A palavra'radiante' não foi colocada aí fortuitamente; ela ultrapassa o funcional e vem se situar próximo da consciência. Pois, em toda essa questão (os acontecimentos prodigiosos que estamos vivendo), a consciência está em jogo, primando sobre o econômico e o técnico, e é a única capaz, por meio de justas reivindicações, de constituir, afinal, o programa de nossas produções.

Esse tema serviu de preâmbulo aos trabalhos do V Congresso Ciam de Paris, 1937, *Logis et loisirs* [Moradias e lazeres].

> Julgamos indispensável colocar diante dos trabalhos deste congresso o acontecimento capital, eminente, da atualidade: *a sociedade moderna, após os cem primeiros anos de conquista, de debates, de desordem, chegou à conclusão que fixa definitivamente o caráter de uma civilização – a constituição de uma nova moradia.*
>
> *É por intermédio da criação de uma moradia nova* que a segunda era da civilização maquinista entrará

---

2. *L'Esprit Nouveau, Plans* e *Prélude*.

* Le Corbusier propõe como princípios para a cidade radiante: zona industrial isolada do centro administrativo e de moradia; concentração dos habitantes em edifícios isolados em áreas verdes; investimento em meios de transporte e em vias de circulação. A habitação ocuparia arranha-céus organizados em blocos com jardins internos. (N. de R. T.)

num período universal de construção. Obra eficaz, otimista, humana, portadora de 'alegrias essenciais'. Essa obra ultrapassa as questões de técnica (racionalismo e funcionalismo). É a manifestação pura, essencial e fundamental de uma nova consciência.

É somente do ponto de vista de uma nova consciência que se pode, a partir de agora, considerar os problemas da arquitetura e do urbanismo. Uma nova sociedade cria seu lar, esse receptáculo da vida. O homem e seu abrigo. Equipamento das regiões, cidades e campos[3].

A França vive compartimentada em seus clãs, cada qual se devotando a paixões egoístas. Assim, no campo da arquitetura, um autor entusiasta chegou recentemente a publicar, numa revista profissional tão ingenuamente informada quanto ele, uma grande descoberta sobrevinda no malfadado ano de 1942: o *domismo**, ciência arquitetônica da habitação. Ele mostrava com isso que não nos conhecemos, ou nos conhecemos mal, separados por desconfianças ou por fantasmas, alimentados e mantidos por certas pessoas que neles têm interesse. A bela adormecida despertava, a Escola de Belas-Artes esquecia seus palácios de Roma (Roma, sim, por que Roma? Questão que permanece até hoje sem resposta), e ia em direção da casa dos homens.

---

3. *Logis et loisirs*, livro do V Ciam, Paris, 1937. Edição de *L'architecture d'aujourd'hui*, rue Bartholdi, nº 5, Boulogne-sur-Seine.

* Cf. Pierre Joannon, "Le domisme. Sa place dans une renaissance", *L'architecture française*, nº 19 (1942). (N. de R. T.)

Morada ou 'domismo' põem em cena o homem: um homem comum, natural e sensato. Um ser atual. E nesse jogo a arquitetura será sua parceira.

Vejamos a cena ocupada aqui por protagonistas diversos. Marie Dormoy[*], muito amavelmente e sem idéia preconcebida aparente, confrontou-os em seu livro *L'architecture française*. Seria possível jogar na arena 'o acadêmico' contra o 'moderno' (empregando, com reservas, este último vocábulo); mas é lamentável cindir o moderno em dois campos adversários, quando um proclama: *construir primeiro,* e o outro: *a arquitetura é o jogo sábio, correto e magnífico dos volumes unidos sob a luz.*

Na presente revolução maquinista, o cálculo e as técnicas, que são meios prenunciadores, precederam a conclusão do que viria a ser, um dia, a proposta renovadora para um modo de vida deteriorado. Proposta que só poderia se tornar real após uma revolução construtiva completa que trouxesse consigo os meios libertadores. Sucessão natural de acontecimentos, cronologia, que é lamentável ter sido transformada em querela.

Por quem foram conduzidos esses clãs aqui opostos? De um lado, por um arquiteto-construtor de valor excepcional pertencente a uma linhagem de construtores-empresários.

Um temperamento claramente determinado se dedica, por volta de 1900, ao problema do concreto, que ele intro-

---

[*] Crítica de arquitetura. Tinha fortes laços de amizade com Auguste Perret. Em artigos publicados, provocava indiretamente Le Corbusier, opondo suas propostas arquitetônicas às de Perret. (N. de R. T.)

duziu na arquitetura não pela primeira vez, mas de maneira eficaz. Uma vida de luta contra profissionais intratáveis (seus colegas diplomados), uma vida de coragem, de lisura profissional dedicada a introduzir na arquitetura o material reprovado, amaldiçoado, banido pelo academismo. Terminou vencendo. Triunfou. Ainda vivo, já na velhice, chegou a ser aclamado; impôs respeito a todos. Seu esforço foi exclusivamente nesse sentido. Vocês reconheceram nosso herói: Auguste Perret[4].

O outro homem é quem vos fala.

Entre outros cuidados múltiplos, a arte de construir precisava se debruçar sobre o 'irmão-homem', tão maltratado, e propor, para seu uso, a morada da qual temos falado. Com isso, abre-se um ciclo de novas preocupações. Esse é o urbanismo que se instala sobre as fundações de uma revolução arquitetônica consumada, sobre a qual os espíritos inventivos poderão, sem nenhum inconveniente, se dedicar, quando houver ocasião, à estética ou à prática. O urbanismo, um personagem novo, particularmente preocupante. Para dizer a verdade, pertencente a essa 'ciência do homem' à qual é preciso pedir socorro no momento de uma das mais gigantescas transformações da história. Urbanismo profundamente tradicionalista, se admitirmos esta verdade: a tradição é a corrente ininterrupta de todas as inovações e, por causa disso, a testemunha mais segura da projeção para o futuro. A tradição se expressa por uma flecha dirigida para

---

4. Nem Auguste Perret nem eu somos diplomados.

a frente e nunca para o passado. Transmitir, tal é o sentido exato da palavra, a realidade da noção. O urbanismo surge, pois, mais uma vez, das profundezas dos tempos e tem como missão instalar uma civilização 'em sua atualidade'.

Sem jamais ter desejado me opor a Auguste Perret, mas, ao contrário, me beneficiando de seu esforço, debrucei-me muito particularmente sobre o problema *habitação–urbanismo*, binômio indissociável. Explorei-o segundo uma regra aprendida fora das escolas: *de dentro para fora*, regra que me parece lei da natureza, e também da arquitetura.

Ilustremos:

O homem (esse homem que está sempre diante de mim, com suas dimensões, seus sentidos e sua afetividade) está sentado a sua mesa; seus olhos pousam sobre os objetos que o cercam: móveis, cortinas, quadros ou fotografias e inúmeros objetos aos quais ele atribui significado. Uma lâmpada o ilumina ou o sol que penetra pela janela, separando a sombra da luz, opondo esses dois extremos pesados de reação sobre nosso físico e nosso psíquico: o claro e o escuro. As paredes de um quarto fecham-se a seu redor e ao redor de seus pertences ali dispostos. Nosso homem se levanta, caminha, deixa o quarto, passa para outro lugar, qualquer lugar. Ei-lo abrindo a porta, saindo de casa. Ainda está numa casa: um corredor, escadas, um elevador... Ei-lo na rua. Como é feito esse lado de fora? Hostil ou acolhedor? Seguro ou perigoso? O homem está nas ruas da cidade e ei-lo, depois de certos atos sucessivos, fora da cidade, no campo.

Nem por um segundo a arquitetura o deixou: móveis, quarto, luz solar ou artificial, respiração e temperatura, disposição e serviços de sua moradia; a casa; a rua; o sítio urbano; a cidade; a palpitação da cidade; o campo, seus caminhos, suas pontes, suas casas, o verde e o céu, a natureza.

Arquitetura e urbanismo agem efetivamente sobre todos os seus gestos. Arquitetura em tudo: sua cadeira e sua mesa, suas paredes e seus quartos, a escada ou o elevador, a rua, a cidade. Encantamento ou banalidade, ou tédio. E até o horror é possível nessas coisas. Beleza ou feiúra. Felicidade ou infelicidade. Urbanismo em tudo, desde que se levantou da cadeira: lugares de sua casa, lugares do bairro; o espetáculo público de suas janelas; a vida da rua; o desenho da cidade.

Vocês estão percebendo que não há um único instante em que possa faltar cuidado, ternura. Estão percebendo bem essa vocação fraternal da arquitetura e do urbanismo a serviço de nosso *irmão-homem*. Necessidades materiais, apetites espirituais, tudo pode ser suprido por essa arquitetura e esse urbanismo atentos. Vocês sentem a unidade das funções, a totalidade da responsabilidade, a grandeza da missão arquitetura e urbanismo.

Mas muitos não avaliaram que se trata aqui de uma *atenção fraternal* dirigida ao outro; que a arquitetura é uma missão que exige a vocação de seus servos; que, voltada para o bem da moradia (e da morada que, depois de abrigar os homens, abriga o trabalho, as coisas, as instituições, os pensamentos), a arquitetura é um ato de amor e não uma representação. Que se dedicar à arquitetura nestes tempos de transição de uma civilização degradada para uma civilização nova é como entrar para um convento, é crer, é se consagrar, é se dar.

E que, como justo retorno, a arquitetura trará aos que lhe tiverem dedicado todo seu fervor certo tipo de felicidade, uma espécie de transe advindo das angústias do parto da idéia, seguido de seu radioso nascimento. Poder da invenção, da criação, que permite dar o mais puro de si para levar a alegria ao outro, a alegria cotidiana dentro de suas casas.

III. A ARQUITETURA

Eu gostaria de tentar pôr diante de seus olhos, de vocês que são obrigados a estudar Vignola* e as 'três ordens da arquitetura', a verdadeira face da arquitetura.

Ela é desenhada por valores espirituais originários de um estado particular da consciência e por fatores técnicos que asseguram a materialização da idéia, a resistência da obra, sua eficácia, sua duração.

Consciência = razão de viver = o homem.

Técnica = tomada de contato do homem com seu meio.

Produto de estudo: a técnica.

O outro, nascido da paixão, produto de uma luta consigo mesmo – Jacó e o anjo. Determinada virtude pessoal,

---

* Escreveu o tratado *Regola delli cinque ordini dell'architettura* [Regra das cinco ordens], que apresentava dimensões das composições, cânones e sistemas geométricos. Nesse tratado, identifica cinco ordens arquitetônicas. (N. de R. T.)

grande, média ou medíocre, segundo os jogos do destino, que uma ação pessoal, atenta, assídua e segura pode, a cada minuto da vida e desde a infância, sublimar, educar e melhorar, tanto quanto uma distração excessiva, preguiçosa ou negligente pode fazê-la declinar ao longo dos dias e dos acontecimentos da vida.

A técnica é fruto da razão e do talento. Mas a consciência depende do caráter. Aqui, trabalho interior; lá, exercício sábio.

Ciência e apreciação não são diferentes de cultura. E, como os numerosos campos estão aqui entrelaçados, a arquitetura pode muito bem ser definida: cultura geral. O que significa, no mínimo, que ela ultrapassa em muito o feudo do engenheiro.

Mas, caros amigos, a que baixo nível de recrutamento a arquitetura caiu? A arquitetura é hoje uma atividade que se diz ser arte, sendo a palavra colocada aí para servir às vaidades e aos negócios.

O ensino nas escolas é capaz de alimentar sozinho a dupla fonte da criação arquitetônica? Não creio. Parece que o coração está sendo deixado excessivamente fora do circuito.

Para efeito de organização do texto, tentemos alinhar uma série de acontecimentos que, na realidade, não podem ser senão sincrônicos.

1 O céu domina, o clima de uma região predomina sobre todas as coisas. O ângulo de incidência do sol sobre o meridiano impõe condições fundamentais ao compor-

tamento dos homens. Trópico úmido, continental tórrido, zona temperada, fria ou glacial, tantas porções diferentes impondo à vida modalidades particulares.

Creio ser natural a aspiração do homem à luz. Num clima temperado, eu não temeria ver essa luz, e nem mesmo o próprio sol, se espalhar no interior da casa. Entreguei, nesta primavera, ao prefeito de Argel, um *plano diretor* para a cidade e sua região, destinado a orientar durante cinqüenta ou cem anos o futuro da cidade e das vinte comunas que a cercam. Meu plano é a conclusão de dez anos de estudos incansáveis; não contém imensas e inumeráveis folhas coloridas como um tapete marroquino, mas somente dois esboços, quinze esquemas no formato de papel ofício e um relatório de trinta páginas.

Contudo, o conjunto encerra numa realidade arquitetônica as condições climáticas da África do Norte, as condições paisagísticas da área (o mar, o Sahel, os montes de Cabília, o Atlas), as condições topográficas da região. Elementos arquitetônicos suficientemente apoiados em realidades da natureza para que possam servir de suporte a uma legislação. Essa fixaria, entre outras, o *Estatuto do solo*, grande gesto revolucionário que será preciso concluir um dia e sem o qual nada pode ser empreendido, mas, graças ao qual, em compensação, o meio construído encontrará de novo uma regra, uma forma e uma unidade não arbitrárias.

Em nosso plano, essa regra está de acordo com o sol norte-africano e, embora os elementos arquitetônicos preconizados tenham uma atitude fundamentalmente nova para a ordenação, a dimensão e o material, sua submissão à lei solar dá às nossas proposições um parentesco indiscutível com as arquiteturas árabes.

Lei do sol, mestre das primeiras disposições.

2 A região, constituída de extensão e de elevação do solo, de lençóis aquáticos, de verde, de rochas ou de céu, vestida com panos ou cabeleiras de vegetação, aberta a perspectivas, bloqueada por horizontes, é o alimento oferecido por *nossos olhos* aos nossos sentidos, à nossa sensibilidade, à nossa inteligência, ao nosso coração. O sítio é o assento da composição arquitetônica. Soube disso por ocasião de uma longa viagem que fiz em 1911, mochila nas costas, de Praga até a Ásia Menor e a Grécia. *Eu descobri a arquitetura*, instalada *em seu sítio.* Mais do que isso: a arquitetura exprimia o lugar – discurso e eloqüência do homem que se tornou o

mestre dos lugares: Partenon, Acrópole, estuário do Pireu e as ilhas; mas, também, o menor dos muros que cercavam os carneiros; mais ainda, o molhe lançado no mar e o contorno do porto; e também os três pedestais de pedra, em Delfos, diante do Parnaso etc.

Em Argel, por exemplo, o que está reservado para a arquitetura é assegurado pela altitude, quando da beira-mar se sobem rapidamente 200 metros até o Fort-L'Empereur e dali vê-se estender-se o plano do mar até o ponto em que ele atinge o alto do panorama; os montes de Cabília aparecem, depois a cadeia do Atlas. Que potencial poético! Tudo isso é de vocês, arquitetos; vocês podem fazer a paisagem entrar em nossas casas; vocês estenderão o império de seus espaços limitados aos poucos metros quadrados de um quarto até o fim desses horizontes descobertos que vocês podem conquistar. O cliente a quem vocês servem com plantas e cortes tem olhos e, por trás do espelho desses olhos, sensibilidade, inteligência, coração. De fora, a obra arquitetônica realizada por vocês acrescenta algo ao lugar. Mas do lado de dentro o integra.

Nosso plano do Palácio das Nações, em 1927, que causou tanto barulho, tinha valor por razões dessa natureza. Enquanto a maior parte dos outros projetos, desejosos de manifestar majestade, não passava de estranhas fortalezas caídas pesadamente sobre a paisagem bucólica do lago e dos Alpes, sobre colinas banhadas de água, plantadas com árvores seculares e recobertas de pradarias semeadas de flores, eu pude dizer aos responsáveis pela escolha dos projetos: "Nosso palácio está pousado sobre o solo entre as árvores, no meio das plantas, e não perturbará nem sequer uma roseira-brava..."

Não haveria uma única janela – se não tivéssemos sido rejeitados – que não estivesse aberta para um tema idílico. Uma atmosfera excelente para se trabalhar pela paz do mundo.

3 Uma escala se associa aos projetos; uma escala que é de época, medida do espírito, medida dos meios técnicos e dos poderes de controle. Escala dos planos, magistral se quisermos, sob o impulso de técnicas cujo poderio comparado ao passado é quase ilimitado. São as velocidades mecânicas agindo sobre a dimensão dos objetos a construir. A nova escala das empresas modernas rompe limites exíguos nos quais tinha se deixado encerrar a sociedade presente. De um lado, timoratos; de outro, homens ousados.

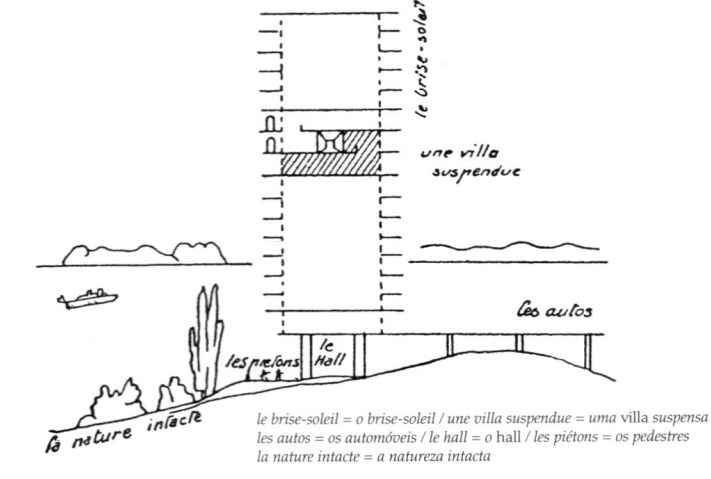

le brise-soleil = o brise-soleil / une villa suspendue = uma villa suspensa
les autos = os automóveis / le hall = o hall / les piétons = os pedestres
la nature intacte = a natureza intacta

Por exemplo, para não sair de Argel, o engenheiro Renaud e o arquiteto Cassan adotaram, para traçar sua estação intermodal, ferroviária, marítima e rodoviária, a nova escala dos tempos modernos dada por nós, em 1931, a esse primeiro plano-geral de urbanização de Argel que, de tão brutal, tão perturbador, tão novo, nós chamamos: *Plano Obus**.

Se examinarmos Paris através dos séculos, veremos também crescer a escala dos projetos, não sob o impulso de técnicas novas, mas com a ajuda de uma organização cada vez mais firme do controle: praças des Vosges, Vendôme e Concorde, Esplanade des Invalides e Champ-de-Mars.

Hoje, a vista do avião dá uma grande varrida em nossas reticências, esmaga nossa pequenez, acusa nossa imperícia. Sobrevoem as cidades e detenham-se particularmente na obra do século XX: tudo é apenas fragmentário, individual, local e sem coerência. Um desalento se apodera do pensamento de muitos dos que estão encarregados de enunciar as regras da construção do país. Demissão e abdicação que nos oprimem e que resultarão, se não reagirmos, na redução da escala de nossos projetos.

4 A arquitetura *se caminha, se percorre* e não é, como preconizam certos princípios, uma ilusão inteiramente

---

* Obus: peça de artilharia, morteiro. Plano Obus: plano para a cidade de Argel, para o qual Le Corbusier desenhou diferentes versões entre 1930 e 1934. A última versão previa a implantação de um bairro de negócios à beira-mar e um conjunto de edifícios curvilíneos nos lugares mais altos da cidade. No projeto havia um imenso viaduto habitado, semelhante àqueles que Le Corbusier esboçou para São Paulo e Rio de Janeiro no final dos anos 1920. Seu projeto foi recusado. (N. de R. T.)

gráfica organizada em torno de um ponto central abstrato onde o homem pretende estar – um homem quimérico – munido de um olho de mosca, cuja visão seria circular. Esse homem não existe, e foi por conta dessa confusão que o período clássico deu início ao naufrágio da arquitetura.

Nosso homem está, ao contrário, munido de dois olhos, 1,60 metro acima do solo e olhando *para a frente*. Uma realidade de nossa biologia suficiente para condenar muitos planos que se pretendem bons, mas que se sustentam sobre um eixo impróprio.

Com seus dois olhos, e olhando para a frente, nosso homem caminha, se desloca, entregue a suas ocupações, registrando assim o desenrolar dos fatos arquitetônicos que aparecem um depois do outro. Ele experimenta a emoção, fruto dessas comoções sucessivas.

Tanto que está provado que as arquiteturas se classificam em mortas e vivas, na medida em que não tenha sido observada ou, ao contrário, tenha sido brilhantemente explorada a regra do *caminhamento*.

5 Com relação à circulação exterior, falou-se de vida ou de morte, de vida ou de morte da sensação arquitetônica, de vida ou de morte da emoção. Um acontecimento que se torna muito mais pertinente quando se trata de circulação *interior*.

Diz-se, familiarmente, que um ser vivo é um tubo digestivo. Sucintamente, também, digamos que a arquitetura é circulação interior e não somente por razões funcionais (sabe-se que, para responder com rigor a problemas modernos, o arquiteto de fábricas, de locais de administração, de edifícios públicos se vê obrigado a alinhar numa ordem implacável, ao longo de um fio condutor, a seqüência regular das diversas funções), mas muito particularmente por razões emocionais. Os diversos aspectos da obra, a sinfonia que de fato é tocada, só se tornam inteligíveis na medida em que os passos nos levam, nos situam e nos deslocam, oferecendo ao nosso olhar a vista de obstáculos e perspectivas, o esperado e o inesperado de portas que liberam o segredo de novos espaços, a sucessão de sombras, penumbras ou luzes gerada pelo sol penetrando por janelas ou aberturas, a vista de construções longínquas ou implantadas como as dos primeiros planos cuidadosamente ordenados.

A qualidade da circulação interior será a virtude biológica da obra, organização do corpo construído, na verdade ligado à razão de ser do edifício.

A boa arquitetura 'se caminha' e 'se percorre' pelo interior e pelo exterior. É a arquitetura viva. A má arquitetura se mantém em torno de um ponto fixo, irreal, fictício, estranho à lei humana.

A pequena casa de 60 metros quadrados à beira do lago Léman, a *villa* Savoye[*] de Poissy, nosso projeto do Palácio das Nações, o do Museu no Cais de Tóquio[**], bem como

---

[*] *Villa* Savoye, em Poissy, construída por Le Corbusier entre 1928 e 1931, é considerada um monumento da arquitetura do século XX. A casa é resultado de anos de pesquisa do arquiteto que revolucionaram a concepção do morar. É a concretização no espaço de um manifesto da arquitetura moderna. (N. de R. T.)

[**] Museu no Cais de Tóquio, em Paris. Concurso promovido pelo comissariado-geral da Exposição Internacional de 1934 para a construção de Museu de Arte Moderna, destinado a abrigar as coleções do Estado e do município de Paris, numa área da avenida Tóquio. (N. de R. T.)

o do Palácio dos Sovietes*, para o qual fomos convidados em 1932 a submeter nossas idéias, num concurso internacional restrito, obras que foram determinadas por uma circulação interior impecavelmente ordenada.

Contudo, seguir à risca tais regras essenciais não nos valeu nem apreço nem consideração; e se em Moscou nossa arquitetura foi qualificada de capitalista e pequeno-burguesa, em Paris, com freqüência, é de bolchevique que ela é rotulada.

6 O Palácio dos Sovietes, aliás, suscitava as invenções mais ousadas oferecidas à imaginação pelas técnicas modernas. Os resultados podem, por vezes, ser surpreendentes, mas são decisivos e seria loucura e crime privar-se deles sob o pretexto de levar em consideração as arquiteturas tradicionais.

Assim, essa sala de espetáculo e auditório, destinada a 14 mil pessoas, foi desenhada com a forma do mais perfeito vaso, parecido com a dupla válvula de uma concha entreaberta; cada ponto do anfiteatro – conseqüentemente, cada ouvinte – tinha um elemento no teto que lhe correspondia, encar-

---

* Palácio dos Sovietes (1930). O programa do edifício era ambicioso: um centro de convenções, de representação e de trabalho com uma sala de atos para 15 mil pessoas e um auditório menor para 6.500. Vestíbulos imensos interligados por passagens largas para possibilitar a circulação de milhares de visitantes, e ainda dezenas de salas de trabalho, bibliotecas e serviços de toda ordem. Era proposta também a reurbanização do entorno, área próxima ao Kremlin, para possibilitar o acesso de 25 mil pessoas. Participaram 270 profissionais, sendo 24 estrangeiros. Dentre estes, além de Le Corbusier, enviaram projetos Walter Gropius, Erich Mendelsohn e Auguste Perret. O primeiro prêmio foi para o russo Boris Iofan, que concorreu com um projeto claramente acadêmico e conservador. (N. de R. T.)

regado de refletir as ondas sonoras. Pura matemática, chave de pura harmonia. Por outro lado, cada ponto do anfiteatro devia contar com visibilidade total do palco, como também do conjunto de espectadores. Evitou-se, pois, qualquer elemento portante que se interpusesse entre o palco e a platéia. Além disso, o imperativo problema da acústica não dependia de modo algum das leis da gravidade e requeria soluções mais próximas da biologia do que da estática e da resistência dos materiais. Inútil seguir caminhos batidos! Um grande arco parabólico de concreto armado, com 100 metros de altura, foi construído por cima da área da orquestra, apoiado do lado de fora sobre terreno livre. Esse arco sustentava, a dois terços de sua altura, uma formidável viga suspensa por tirantes pendentes. Nessa viga atirantada engastavam-se as extremidades de oito vigas de igual carga, cujas outras extremidades estavam pousadas sobre colunas erguidas atrás da sala. Uma infinidade de cabos pendia dessas oito vigas sustentando o teto da sala, mantendo-o no ar, suspenso. O teto era composto por duas membranas de concreto armado de alguns centímetros de espessura somente, distantes dois metros uma da outra e oferecendo assim as condições de um teto acústico com isolamento térmico.

Resultado: essa sala, quase tão grande quanto a *place de la Concorde*, estava livre dos obstáculos dos pontos de apoio; era sustentada como Judite segura a cabeça de Holofernes pelos cabelos!*

---

* Passagem bíblica. Le Corbusier refere-se à pintura *Judite com a cabeça de Holofernes,* do pintor florentino Cristofano Allori (1577-1621).

7 Iniciativas tão argutas se eximem de qualquer pressão regionalista. As técnicas, filhas do cálculo e do laboratório de ensaio, pertencem ao patrimônio universal. Foi o que se viu na Idade Média, quando a descoberta do arco ogival começou a se espalhar por todo o mundo conhecido da raça branca, do Ocidente ao Oriente e do Norte ao Sul.

O mesmo acontece em nossos dias com as técnicas do aço e do concreto armado, que têm um caráter universal; são de todo o mundo, não têm céu nem terra que lhes sejam próprios. É preciso notar ainda que, fazendo agir nas estruturas as forças até seus limites extremos, elas devem necessariamente empregar materiais seguros, testados, controlados, experimentados se possível em laboratórios portadores de coeficientes invariáveis de resistência. Materiais modernos, como o cimento Portland ou material elétrico e os aços diversos.

Durante a execução da obra, observaremos que não se pode utilizar exclusivamente uma técnica rígida, mas que elementos, paredes, pavimentos, abóbadas etc. serão usados em harmonia com materiais locais: madeiramentos, marcenarias, alvenarias de pedras, de tijolos etc. Esses materiais são produtos naturais (madeira ou pedra, ardósia) ou produtos artificiais regionalizados pelo costume (telhas, tijolos). Desde sempre constituem o espetáculo cotidiano, traços de família os unem nas profundezas do tempo; um costume milenar no caso de alguns deles os fez companheiros de nossa vida. Pode-se considerar esse pacto amigável com a vizinhança. Uma sensação de segurança, de vínculo, pode surgir como fonte preciosa que jorra do segredo das arquiteturas.

Exemplo: a parede curva da biblioteca do Pavilhão Suíço da Cidade Universitária* de Paris, construída com pedras comuns por um pedreiro cioso de seu trabalho; ela remete, às experiências vividas, os pilotis recentemente criados a partir de técnicas simples, possantes e racionais como ossos, mas perturbadoras.

Pois bem, essa parede tradicional foi criticada pelos grandes professores da Cidade Universitária; eles nos ofereceram sementes de uma trepadeira "que, em menos de seis meses, recobriria essa parede pavorosa"... Depois mandaram plantar arbustos para escondê-la completamente. Os mais velhos, em nome das tradições, nos atacaram; os jovens, diante do sucesso de nossa parede tradicional, aplaudiram...

8 Já temos com que preparar uma sinfonia: lei do sol, lugar, topografia, escala dos projetos; circulação exterior, revelando a atitude da obra; circulação interna; infinitos recursos das invenções técnicas atuando, eventualmente, de acordo com os meios tradicionais; finalmente, a introdução de novos materiais e preservação de materiais eternos...

Pode ser uma casa de fim de semana ou um imenso palácio, uma barragem hidráulica ou uma fábrica, o apelo à imaginação permanece constante. Não há em todo o país uma única obra que tenhamos o direito de qualificar como indiferente: tudo tem sua importância, desempenha um papel, carrega a responsabilidade de tornar a região bela ou infame.

---

* Projeto de 1930. (N. de R. T.)

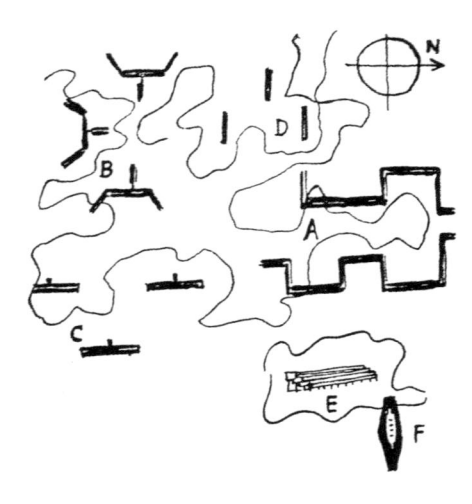

Cada coisa é um todo e, entretanto, não deixa de ser um fragmento. A pátria é feita desse pacto que liga a natureza ao meio construído. De um passo ao seguinte, de uma rua à outra, de uma vila à outra, por que haveria de se romper o encantamento se é tanto o fervor consagrado à construção de cada objeto?

9 Eu disse *está certo* e evoquei o desastre de *uma ruptura* do encantamento, terminologia que conviria à música... Exatamente, arquitetura e música são irmãs, e proporcionam tempo e espaço. A ferramenta que dá forma ao encantamento é a proporção à qual os sentimentos estão ligados tão de perto que, no extremo de suas possibilidades, se esbarra no sagrado, na linguagem dos deuses.

Diante da arquitetura, a sensação será dada pela medida de distâncias, dimensões, alturas, volumes; matemática que tem uma chave, resultando (ou não) em unidade, conforme se acerta ou se erra.

Vocês acreditariam? Essa chave da arquitetura, *a proporção*, foi perdida, esquecida. Ela, que em certas épocas foi tudo, conduzindo aos próprios mistérios. Agora nem se pensa mais nela, ninguém se preocupa mais com ela, foi abandonada. A que ponto chegamos!

Função eminentemente visual (não se trata de objetos que o olho mede?), ela pode se tornar metafísica, reunindo materialidade a espiritualidade. Jogo perigoso, em que os tolos ostentarão sua desenvoltura. Priorizando o fator óptico, faremos o perigo ser menos ameaçador.

Conduzo vocês até esse homem sentado a sua mesa, que se levanta para percorrer os espaços de sua casa. Ele escuta os discursos dos objetos testemunhas de intenções, encadeados como um belo pensamento, ditos à medida que se desloca – esses móveis, essas paredes, essas aberturas para fora, ninho de minutos, horas, dias, anos da vida.

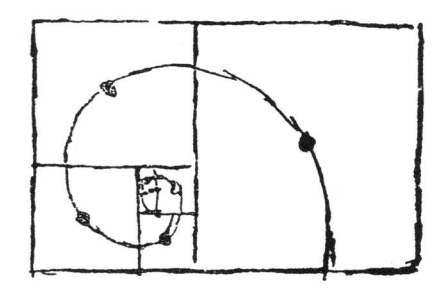

Vocês percebem que não é uma questão de fachada, palavra utilizada como garantia de seus estudos e que pode se tornar a máscara dissimuladora de erros. Não se trata de um ente nascido do pensamento, que tem dentro um coração e que, com simples planos a separá-lo do exterior, se apresenta sem disfarce nem vaidade. Simples paredes, buracos de janelas, de que sempre foram feitas todas as casas ou cabanas. Em todas as épocas e lugares, antes das escolas de arquitetura e das perigosas incompetências que elas diplomaram.

10 O V Congresso dos Ciam, em Paris, em 1937, foi dedicado à preparação de uma *habitação digna*.
Como construí-la?
Denunciando ou não denunciando a construção?

Com 'denunciar', não estou querendo dizer expor ao desprezo público; ao contrário, ou seja, quero evidenciar os elementos da estrutura, explicitá-los e até mesmo fazer dessa intenção o postulado da arquitetura.

Expor ou não expor os pilares, que, aliás, cumprem sabiamente o dever de sustentar o edifício, é apenas uma questão de estética pessoal, sobre a qual não há nenhuma necessidade de discutir. Pode-se passar de um extremo ao outro; os adeptos de cada um dos extremos marcam apenas as fronteiras entre as modalidades infinitamente diversas das soluções possíveis. Pode-se, se for do gosto de alguém, instaurar sobre esse tema discussões inócuas. A questão hoje é mais séria: *o que são essas coisas de que se fala em construir?*

A saúde que é preciso garantir num sistema estrutural é da mesma natureza daquela que deve reger o programa e expressá-lo através das plantas e dos cortes. É nessas coisas, que não são de aparência, mas de essência, que está sendo decidido o destino da arquitetura.

11 Ainda há pouco, vocês viram que, motivado pela defesa dos direitos à invenção, eu usava o passado como testemunha; esse passado que não é apenas meu mestre, mas continua sendo meu permanente monitor.

Todo homem ponderado, lançado no desconhecido da invenção arquitetônica, tem necessariamente que basear seu entusiasmo criador nas lições dadas pelos séculos; os testemunhos que os tempos preservaram têm um valor humano permanente. Podemos chamá-los de tradição – noção com a qual se quer expressar a flor do espírito criativo das tradições populares, estendendo seus domínios para além da casa dos homens, até a casa dos deuses. Flor do espírito criativo, corrente das tradições que o encarnam, da qual cada elo é, mesmo por uma única obra, inovador em seu tempo, muitas vezes revolucionário: um aporte. A história, que se apóia nesses marcos, conserva apenas os testemunhos autênticos; as imitações, os plágios, os compromissos são deixados para trás, abandonados ou até destruídos.

O respeito ao passado é uma atitude filial, natural em todo criador: um filho tem pelo pai amor e respeito.

Vou mostrar a vocês quanta atenção dediquei desde minha juventude ao estudo das tradições. Mais velho, consegui intervir com todas as minhas forças para salvar a prestigiosa Casbá de Argel, que queriam destruir por abrigar gente desclassificada; lá, o velho porto de Marselha, que os

Pont-et-Chaussées* queriam transformar apressadamente em confluência das auto-estradas do Sul; e mais, a velha Barcelona, que me deu a oportunidade de propor um método de valorização do patrimônio histórico das cidades. Tudo isso não impediu que os detratores me acusassem de querer destruir sistematicamente o passado!

12 Não confundam esse respeito, esse amor, essa admiração, com a insolência e a indolência de um filhinho de papai decidido a se poupar de qualquer esforço pessoal, preferindo vender aos clientes o trabalho de seus antepassados. Pois, sob o efeito da mais triste abdicação do ato de pensar, o país é convidado a se cobrir de andrajos folclóricos. Uma trupe numerosa de preguiçosos, indolentes e medrosos está pronta para encher a cidade e o campo – o país inteiro – de obras falsas de arquitetura. Sólon os teria punido por tais crimes.

Eu tinha 23 anos quando cheguei diante do Partenon, em Atenas, após cinco meses de estrada. Seu frontão permanecia de pé, mas a longa lateral do templo estava no chão, colunas e entablamento derrubados pela explosão da pólvora que os turcos, no passado, puseram lá dentro. Durante semanas, toquei com mãos respeitosas, inquietas, pasmas essas pedras que, colocadas de pé e na altura desejada, executaram uma das músicas mais incríveis que exis-

---

* Serviço público encarregado principalmente da construção e da manutenção das vias públicas. (N. de T.)

tem: clarins sem exortação, verdade dos deuses! Tocar com as mãos é uma segunda forma de visão. Escultura ou arquitetura podem ser acariciadas sempre que o êxito alcançado em suas formas provocar a aproximação da mão.

Voltando ao Ocidente, depois de passar por Nápoles e Roma, onde vi as 'ordens da arquitetura' fazerem um eco discutível a essa verdade conhecida sobre a Acrópole, me foi impossível – como vocês podem perceber – aceitar os ensinamentos de Vignola. Esse Vignola! Por que Vignola? Que pacto infernal ligaria as sociedades modernas a Vignola? Eu mergulhava no abismo acadêmico. Não nos iludamos: o academismo é um modo de não pensar que convém a muitos, como aqueles que temem as horas de angústia da invenção, tão compensadas pela alegria da descoberta.

13 Mas Vignola não é a tradição. Diante do concreto armado e do aço e da falência inevitável de Vignola, a tradição parece se tornar a arma de substituição que alguns adorariam brandir contra o concreto armado e o aço ameaçadores, mas já triunfantes.

O estudo da tradição não fornece fórmulas mágicas capazes de resolver os problemas contemporâneos da arquitetura; ele dá informações muito precisas sobre as necessidades profundas e naturais dos homens, manifestadas em soluções experimentadas ao longo dos séculos. Ela nos mostra 'o homem nu' se vestindo, se cercando de instrumentos e de objetos, de quartos e de uma casa, satisfazendo razoavelmente o indispensável e se concedendo um supérfluo capaz de fazê-lo sentir o gosto da abundância de bens materiais e espirituais. Tudo isso experimentado por gerações, regulado pelos séculos e dando a sensação de unidade e profunda harmonia com as leis do lugar e do clima.

À locomotiva se acrescentaram outras velocidades mecânicas. O mundo foi posto fora de si. Cem anos de tormentos e de delícias, de aniquilamento e de liberação! Cabe a nós enxergar com clareza e encontrar a saída, descobrir no tumulto de acontecimentos que ultrapassam o controle humano a única *escala* capaz de romper com o exagero e, a partir daí, com a infelicidade.

A tradição coloca em jogo a intenção poética, a intenção de acrescentar ao pé-na-terra o benefício da sensibilidade, a manifestação de um instante criativo. Folclore, flor das tradições. Flor...

Por flor, queremos expressar o desabrochar, a irradiação da idéia motriz...

E não convidar à cópia de flores, na pintura ou na escultura, em bordado ou em cerâmica...

A tradição é um objeto de estudo, e não de exploração.

O estudo da tradição é um ensinamento. Nossas grandes escolas fariam melhor se enviassem os estudantes para os campos da França, em vez de Roma. Livres da imposição de Roma e nutridos com a seiva do país, os arquitetos, tendo em mãos os grandes instrumentos da técnica moderna, unem-se em um esforço unânime para constituir uma nova tradição – a obra mestra que deve acolher a vida dos homens da civilização maquinista.

Concordei plenamente com Georges-Henri-Rivière, conservador do Musée National des Arts et Traditions Populaires, e com Urbain Cassan, os quais, com uma fé ardente e auxiliados por jovens arquitetos, levantaram pelo país dados de uma informação completa. Antes que caíssem no abandono ou que fossem destruídos os testemunhos de nosso secular comportamento, à espera de que a civilização maquinista tivesse por sua vez edificado uma cultura, eles queriam inventariar e proteger enquanto fosse tempo, por meio de uma classificação científica, aquilo que o tempo corrói e destrói e o que a era maquinista varre para adiante.

Os jovens que se ocuparem com esse dever sagrado farão jus a um aprendizado e uma iluminação. Antes tarde do que nunca!

14 O estudo das tradições é apenas uma parte de uma ciência maior desenvolvida com o surgimento bem recente de meios técnicos excepcionais de informação: a fotografia (em sua forma extraordinariamente manejável de nossos dias), o cinema, a gravação sonora etc. Essa ciência é a etnografia, cuja matéria-prima é o documento exato. O documento exato, sonoro ou óptico, acumulado nas prateleiras da fototeca ou da discoteca, nos dá, a partir de agora, as visões mais límpidas da existência dos povos, do estado de civilizações até então fora de nosso alcance. Com ele, caímos direto no fundo do abismo dos tempos, mas somos capazes imediatamente de estudar, compreender, até mesmo invejar ou admirar. *L'homme nu*, de Jean-Jacques, o *Huron*, de Voltaire,

que, num período premonitório semelhante ao nosso, serviram de testemunhas inteiramente virtuais e hoje estão ao alcance da mão; nós podemos, com uma viagem de metrô, transpondo o umbral do Palais Chaillot, entrar em sua casa, vê-los, ouvi-los, surpreendê-los vivendo seus costumes, suas crenças, seus ritos. Além disso, objetos legítimos foram reunidos e expostos. Finalmente, o documento fotográfico pequeno ou imenso nos mostra o conjunto e a intimidade do meio, o lugar, sua flora, sua fauna e o equipamento das aglomerações, das habitações, do templo ou da guerra.

Vocês não se dão conta do que significou para nossas gerações, sem que o soubéssemos, a revelação dessas civilizações tão diferentes da nossa. O golpe mais direto, mais imediato, foi desferido nas artes. Um sentimento e uma paixão arqueológicos bem recentes, decorrentes das novas possibilidades maquinistas da impressão (nosso século é 'a idade do papel'), abalaram o princípio da *contigüidade* ao qual nossos destinos estavam naturalmente ligados: conhecíamos o que nos cercava num raio de 30 quilômetros; os saberes eram recebidos diretamente do pai; geração sucedia geração, sem conflito. As revoluções de pensamento, após o aniquilamento da civilização antiga pela invasão dos bárbaros, agiam uma de cada vez, somente na ocasião de uma informação nova: Cruzadas, tomada de Constantinopla, descoberta da América... Há muito tempo não éramos sacudidos dessa maneira. E o burburinho acadêmico conseguiu conduzir a pintura e a escultura a patamares inconcebíveis. Subitamente, a etnografia, ciência moderna, nos oferece a oportunidade de rever nossos pontos de vista. As artes maiores, pintura e estatuária, foram violentamente revitalizadas em se tratando aqui de tudo o que este estranho vocábulo engloba: o *cubismo*. A arquitetura, desde o outro pós-guerra, recebeu do cubismo seu fermento. Mas os verdadeiros programas de urbanismo estão ainda em gestação; ainda não surgiram, ainda não foram formulados; a tarefa é profunda, fundamental, porque a questão de consciência reaparece inexoravelmente e porque temos de prestar contas sobre isso.

Vocês estão percebendo que a natureza, a consciência, as artes são, para nós, um convite à reflexão. Essa é a unidade que devemos captar.

15 O desenvolvimento de meu raciocínio, pelo qual procuro colocá-los diante da arquitetura, me leva ao ápice de onde parte toda a luz: a intenção.

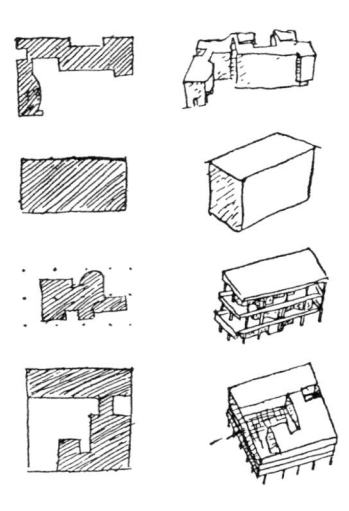

Os agentes concretos ou abstratos, que funcionam como alicerces da arquitetura, são comandados por uma intenção. As técnicas são para ajudar a escolha dos materiais, o cumprimento do programa etc.; mas todo o esforço vale apenas pela qualidade da intenção. E talvez vocês consigam fazer com que a casa se torne um palácio milagroso e sorridente, com o cuidado dedicado a cada detalhe da construção. Vocês farão com que o palácio sonhado seja antes de tudo uma casa, uma simples e honesta casa de homem.

Em toda a minha carreira, uma preocupação me agitou: conseguir com materiais simples, até mesmo pobres, com um programa ditado pelo próprio Diógenes, que *minha casa fosse um palácio*.

O sentimento de dignidade dita as regras do jogo!

16 Nesse ponto do pensamento, os abismos, as emboscadas, as armadilhas podem trair e punir o arquiteto que não for vigilante. A grandeza que buscamos não é grandiloqüência. A pureza irá torná-la possível.

Mas a pureza provoca medo. Para proteger seus olhos de albinos, nossa sociedade de medrosos espalhou a pátina e o cinza. O poder das cores do dórico ou da Idade Média, a clareza e o brilho dos ouros, dos espelhos, das sedas, panos, feltros de Luís XIV e de Luís XV são ignorados atualmente. Força, saúde, alegria dos senhores de outros tempos parecem, aos mercadores, carecer de distinção.

A revolução da consciência, que surge dessa espera que há muito tempo pesa sobre as sociedades, irá um dia se inscrever até em nossas próprias roupas. As mulheres já tomaram a dianteira: costura e moda tornaram-se ousadas, sensíveis, expressivas. Vejam as moças de 1942: seus cabelos demonstram saúde e otimismo. Elas seguem, penteadas de ouro ou de ébano. Sob Luís XIV e o Renascimento seriam vocês, meninos, que, com aqueles cabelos, brilhariam como arcanjos, seriam fortes como Marte, belos como Apolo. Elas passaram vocês para trás!

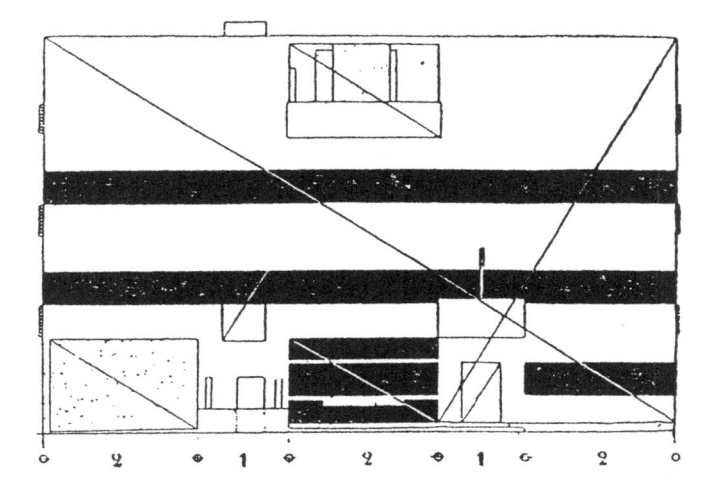

Contudo, estamos no momento mais desajustado da maneira de vestir. Além de tudo, renunciou-se à cor, um dos signos da vida.

A partir de 1910, passei a acreditar na virtude tônica e purificadora da cal hidratada. A prática me mostrou que, para fazer se manifestar a alegria do branco, era preciso cercá-lo do poderoso rumor das cores. Descobrindo com o uso do concreto armado o germe do 'plano livre' (um plano liberado dos entraves de paredes), fui conduzido à policromia arquitetônica, criadora de espaço, de diversidade, que responde aos impulsos da alma e está pronta, conseqüentemente, para acolher os movimentos da vida. A policromia propicia de fato o desabrochar da vida.

Afirmo: propicia o desabrochar da vida. E percebo que a vida, hoje, no que diz respeito à habitação que nos interessa, só desabrochará onde encontrar uma equivalência arquitetônica à aeração inteiramente nova trazida pelo livro, pela radiodifusão, pelo disco, jornal, revista. Abertura subitamente muito grande sobre os tempos e os lugares, os tempos e os hábitos. A sensibilidade de nossa sociedade estende-se agora a um registro muito maior. Eu não tenho nenhuma certeza se se trata de um acontecimento feliz ou deplorável. A busca agora é outra, e, conseqüentemente, a escolha de nossos companheiros também: esses objetos com os quais gostamos de cercar nossa vida cotidiana, mantendo com eles um diálogo constante. Objetos companheiros que podem ser objetos poéticos. Teremos o prazer de reunir objetos que consideraremos sempre atuais, segundo nossa sensibilidade, mesmo que pertençam a outros tempos. O anacronismo, nesse caso, não se mede pela escala do tempo; surge somente no hiato de coisas dotadas de almas discordantes. Em se tratando de sensibilidade, o contemporâneo é o encontro de almas irmãs. Objetos de todos os tempos e lugares podem pretender essa fraternidade. Por isso os livros estão cheios de uma iconografia feérica e instigante.

A essas testemunhas nascidas das mãos hábeis dos homens, a natureza pode, por sua vez, acrescentar um contingente maravilhosamente sensível. Testemunhas qualificadas como *objetos de ação poética* que, por sua forma, sua dimensão, suas matérias, suas possibilidades de conservação, são capazes de ocupar nosso espaço doméstico. Como um seixo trazido pelo oceano e um tijolo quebrado arredondado pelas águas do lago ou do rio; eis as ossadas, os fósseis ou as raízes de árvores ou de algas quase petrificadas; e conchas inteiras, lisas como porcelana ou esculpidas à moda grega ou indiana; eis as conchas quebradas nos revelando sua surpreendente estrutura helicoidal; grãos, sílex, cristais, pedaços de pedra, de madeira, em suma, uma infinidade de testemunhas falando a língua da natureza, acariciadas por suas mãos, perscrutadas por seus olhos, companheiras evocadoras...

É por meio delas que se mantém o contato amistoso entre a natureza e nós. Em determinado momento, adotei-as como tema de meus quadros ou de minhas pinturas murais. Através delas, se evidenciam características: o macho e a fêmea, o vegetal e o mineral, o broto e o fruto (aurora e meio-dia), todas as nuances (o prisma e seu fulgor de sete cores ácidas ou as gamas surdas da terra, da pedra, da madeira), todas as formas (esfera, cone e cilindro ou seus componentes diversos). Nós, homens e mulheres colocados na vida, reagimos com nossa sensibilidade aguerrida, cortante, afiada, criando em nosso espírito coisas de nosso espírito, somos atuantes e não passivos ou desatentos; ativos e, assim, participantes. Participamos, medimos, apreciamos. Felizes nesse percurso, 'em contato direto' com a natureza que nos fala de força, pureza, unidade e diversidade.

E eu gostaria de vê-los desenhar com seus lápis acontecimentos plásticos, essas testemunhas da vida orgânica tão eloqüentes em seus volumes, aqui restritas a leis e regras naturais e cósmicas: seixos, cristais, plantas ou seus rudimentos, prolongando sua lição até as nuvens e suas chuvas, e até a erosão no cerne das realidades geológicas, até os espetáculos decisivos, entrevistos de avião (o avião, um dos instrumentos de nossa vocação), em que a natureza – nosso asilo – não é outra coisa senão o incessante campo de batalha da luta dos elementos. Isso substituiria os primários estudos dos gessos antigos, estudos que mancharam o respeito que adquirimos pelos gregos e romanos, da mesma maneira que o catecismo deturpou o brilho das Escrituras.

Evitamos a firmeza das cores como recusamos a solidez das soluções construídas. Seus próprios mestres confessam-no: o passo não está dado. O diretor de uma das maiores escolas, a de Belas-Artes, dizia outro dia: *Nós começamos a construir em concreto, mas continuamos a pensar em pedra.* Essa observação de *monsieur* Tournon mostra que a etapa de quarenta anos percorrida por Auguste Perret ainda não foi suficiente.

Essa foi a confissão honesta do atual responsável pelo ensino oficial de arquitetura na França, país onde o concreto armado foi inventado. Mas, logo que seu interlocutor saiu, ele não mostrou a seus alunos a imagem de um imóvel da rua Nungesser-et-Coli*, construído em concreto e que proclamava com clareza 'aqui se pensou concreto', como exemplo a jamais ser seguido?

*A lâmpada da verdade*** (Ruskin) não está mais acesa!

Técnica e sensibilidade, condição da arquitetura, realizam uma associação delicada. Os mestres que velam pela instrução de vocês deveriam apenas lhes *abrir as portas* sobre extensões de limites irremediavelmente franqueados. O diploma que coroará seus estudos deveria conferir apenas um direito: o de transpor esses limiares. Terminados os estudos, enfrentarão todas as dificuldades. Titulares de um ofício no qual invenção, pureza e qualidade dão forma ao produto, virtudes que dependem do caráter, vocês se verão lançados nessa vida com suas barreiras de vaidade, de cupidez ou, simplesmente, de adversidade. Serão, assim, senhores do próprio destino e, a partir de então, solitários. O diploma não lhes dará nenhum direito a fatias do doce distribuído pelo Estado.

Estou falando, evidentemente, do assunto de que nos ocupamos aqui: a arquitetura. Vocês podem muito bem, fora dele, 'fazer negócios' e 'ter sucesso'!

---

* Le Corbusier refere-se aqui ao edifício situado na rua Nungesser-et-Coli, projetado por ele e por Pierre Jeanneret em 1932. (N. de R. T.)

** John Ruskin (Inglaterra, 1819-1900). Em seu livro *The seven lamps of architecture*, publicado em 1880, definia sete princípios da arquitetura: o sacrifício, a verdade, a força, a beleza, a vida, a memória, a obediência. (N. de R. T.)

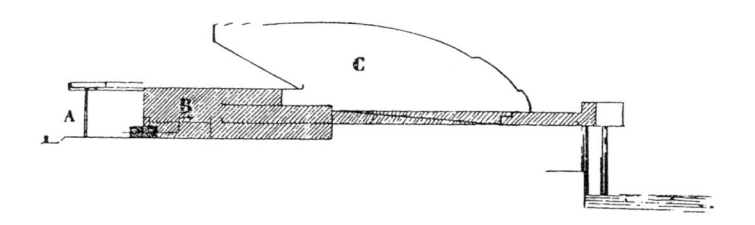

IV. UM ATELIÊ DE PESQUISAS

Assim, poderíamos permanecer falando indefinidamente sobre esse tema admirável. Respondendo a alguns de vocês, dei o passo que me coloca em plena luz no âmbito da arquitetura, livrando minhas idéias e minha pessoa de fantasmas e simulacros que, cinicamente ou com muita habilidade, outros fabricaram.

Alguns queriam me ver dirigindo um ateliê de arquitetura na Escola de Belas-Artes.

Em meu livro *Sur les quatre routes*, de 1939[1], e em *Précisions* [Precisões], de 1929[2], enunciei como princípio fundamental que os próprios alunos deveriam escolher seus mestres. Seria, pois, o caso aqui.

---

1. Edição NRF.
2. Edição da coleção de *L'Esprit Nouveau*, Crès et Cie.

Jamais me preparei para o ensino. Pior (ou melhor): jamais tive um aprendizado propriamente dito. Sou autodidata em tudo, até no esporte.

Por ter sido autodidata até os 35 anos, conheci as maiores angústias; não aconselho ninguém a seguir um caminho semelhante. Depois do caso do Palais des Nations, por volta de 1930, um grupo de alunos de arquitetura veio me pedir para criar com eles um ateliê na Escola de Belas-Artes. Absorvido por pesquisas muito pessoais e viajando com freqüência através dos continentes, declinei da oferta, incitando-os a apelar para o veterano Auguste Perret, com o qual tive não poucas discussões na vida (era ele que começava!), mas a quem sempre estimei profundamente, dizendo isso a ele, dizendo aos outros e registrando por escrito. Durante quatorze meses, em 1908-1909, 'explorei' seu ateliê com imenso proveito e não sou um ingrato.

A demanda que me está sendo feita hoje, mais uma vez, me encontra numa disposição diferente. Em outras épocas, como antigos e modernos, formávamos dois clãs que se ignoravam, cada um tinha seus clientes, seus êmulos, seus territórios de caça. Pouco ligávamos uns para os outros! As regras corporativas nos colocam no mesmo saco e temos de nos explicar uns aos outros a fim de abolir barreiras, dirimir querelas, expulsar muitos fantasmas, eliminar muitos equívocos. Sei perfeitamente que é preciso se explicar, ou seja, se entender. Quanto a mim, sempre tratei de me explicar com precisão e perseverança, acrescentando, em vinte anos de obras do período entreguerras, vinte livros.

Tentativa vã ou ilusória! Os profissionais, os arquitetos acadêmicos não me perdoaram os três primeiros capítulos de *L'esprit nouveau* (1920): "Trois rappels à messieurs les architectes" [Três convocações aos senhores arquitetos]; depois os três seguintes: "Des yeux qui ne voient pas" [Olhos que não vêem]; finalmente, o discurso que fechava essa série preliminar, "La leçon de Rome" [A lição de Roma], "L'illusion des plans" [A ilusão dos planos] e "Pure création de l'esprit" [Pura criação do espírito]. Declararam que eu era polemista e, pronto, preferindo permanecer com suas convicções, sem me ler. E as edições dos meus livros iam para além das fronteiras, exportação e propaganda francesas sem custos para o governo. Preferiam ler Camille Mauclair, que reuniu num livro os quinze artigos de sua campanha publicada no jornal *Figaro* contra a arquitetura moderna, em resposta aos compromissos assumidos pelas Câmaras de Ofício dos carpinteiros, cortadores de pedra, telheiros, trabalhadores em ardósia e zinco. Encontrou sua matéria-prima num ataque dirigido contra mim (e bem longe daqui!) em Neuchâtel, na Suíça, por um jornalzinho local, *La Feuille d'Avis* (salvo erro), o qual pesquisara superficialmente em outra obra editada em Bienne, outra cidadezinha da Suíça, por um arquiteto, *monsieur* Alexandre de Senger, um livro intitulado: *Crisis der Architektur*, traduzido mais tarde do alemão sob o convidativo título de *Le cheval de Troie du bolchevisme* [O cavalo de Tróia do bolchevismo]. Pirâmide edificante de imundícies, excrementos, mentiras absurdas: verdadeira diarréia de infâmia. Mas não fiquem espantados! Acreditou-se de boa vontade em tudo isso, e foi tudo adotado como dogma. E veiculado ao longo dos anos (começando em 1928), em todos os lugares úteis e em todas as regiões, protegido por gente que não dorme em serviço e por espiões. E divulgado na hora certa, por exemplo naquele ano de 1942, oito dias depois da minha partida de Argel, no dia da convocação do Conselho Municipal que julgaria meu plano-diretor para Argel e região.

Amostra:

> *L'Esprit Nouveau* (o diretor desta revista foi Le Corbusier) está bem caracterizado se nos dermos ao trabalho de considerar as seguintes citações: (...) Os grandes homens são supérfluos. A banalidade é preferível. O firmamento e o arco-íris são menos belos do que a máquina porque são menos exatos. É preciso destruir a história, a sublimidade artística, as casas. M... para os professores, historiadores, para Shakespeare, Goethe, Achille [queriam dizer Schiller], Wagner... M... para Beethoven[3].

Caros jovens amigos, não é à toa que essa defecação venha infectar a atmosfera de nossa conversa. É preciso saber para que servem tais armas: oito dias mais tarde, o Conselho Municipal, baseado num relatório da comissão o qual era uma falsificação descarada, rejeitava o projeto; e o governador-geral da Argélia, expondo ao marechal* revelações

---

3. *Travaux Nord-Africains* (Bâtiments, Travaux publics, Architecture, Urbanisme), Argel, 4 jun. 1942.
* Marechal Pétain, chefe do governo francês durante a ocupação. (N. de T.)

publicadas em *Travaux Nord-Africains*, justificava o fracasso da missão que fora a razão de minha viagem a Argel[4].

A tanto fervor dedicado à arquitetura, ou melhor, a toda essa fraternal atenção dirigida para o homem, reunida em páginas inumeráveis espalhadas pelos melhores editores da França e do estrangeiro – mas que não emocionaram os responsáveis pelo ensino, nem os ministros de artes ou de obras públicas ou de grandes construções, nem os alunos da escola e menos ainda seus mestres, nem 99% dos arquitetos defensores da arte oficial –, a resposta foi um incansável 'não'!

Sem nem ao menos procurarem se informar, preferiram discutir acaloradamente *no vazio*!

Com o passar dos anos, meu ateliê da rua de Sèvres transformou-se no centro de reunião de cerca de duzentos

---

4. Há coisas mais impressionantes ainda e que vão perturbá-los particularmente.

Naquele ano (1942), a editora Morancé, em Paris, publicou o livro *De l'architecture*, de Louis Hautecœur, diretor dos Musées Nationaux e professor da École Nationale Supérieure des Beaux-Arts e da École du Louvre (menções impressas na capa da obra). O Egito e a Grécia, Roma, a Idade Média, o Renascimento e o Clássico são lá confrontados; também aparecem Vitrúvio, Bramante e Gabriel e, sem mais nem menos,... *monsieur* Le Corbusier. Para essa última encenação, o autor adota o método prudente do anteparo: "Na Suíça, M. Alex de Senger considera M. Le Corbusier um precursor do bolchevismo" (p. 169). Tinha anteriormente (p. 25) citado sua testemunha: "M. Alex de Senger atribui a M. Le Corbusier teorias como estas: o indivíduo deve desaparecer da sociedade bolchevique: o homem nada mais é do que um elemento *standard* de uma vasta organização; a obra arquitetônica deve ser feita, também ela, de elementos *standard*. Não mais estilos locais ou nacionais, a arquitetura deve ser cosmopolita como o espírito revolucionário".

Na Suíça, M. Alex de Senger atribui... M. A. de S. considera...

E, na França, o diretor-geral das Belas-Artes, o chefe supremo de vocês, M. Hautecœur, dá aulas na Escola de Belas-Artes e na École du Louvre. Ele não teve tempo de ler os vinte volumes escritos em vinte anos por aquele que será tão útil atacar, livros editados pela Crès, Plon, NRF ou Denoël. Tinha coisa melhor em cima da mesa: o livrinho do autor espantoso e do pequeno editor de uma minúscula cidade da Suíça.

jovens arquitetos vindos dos quatro cantos do planeta. Ao chegarem, esses jovens tinham, em sua maior parte, o diploma no bolso. No meu escritório abordaram os mais variados problemas, desde o mobiliário à pequena ou grande casa, do palácio ao urbanismo. Faziam mais do que abordar, entravam a fundo no problema. Não faziam esboços, mas planos. Não planavam acima da contingência, estavam dentro da crua realidade: programa, estrutura, plástica, estética. Materiais, resistência, custo, atrasos. Sobre algumas mesas de desenho, as realidades mais concretas; sobre outras, as previsões (pois é preciso dar esse nome ao que deveria ser a tarefa do dia: *a previsão*, sempre adiada). Eu ficava no meio deles todas as tardes durante cinco horas por dia. Vejo nessa colaboração um tipo de ensino recomendável. Mas também quero, todavia, admitir uma modalidade diferente, aquela em que o aluno se ocupa de um projeto que lhe é próprio.

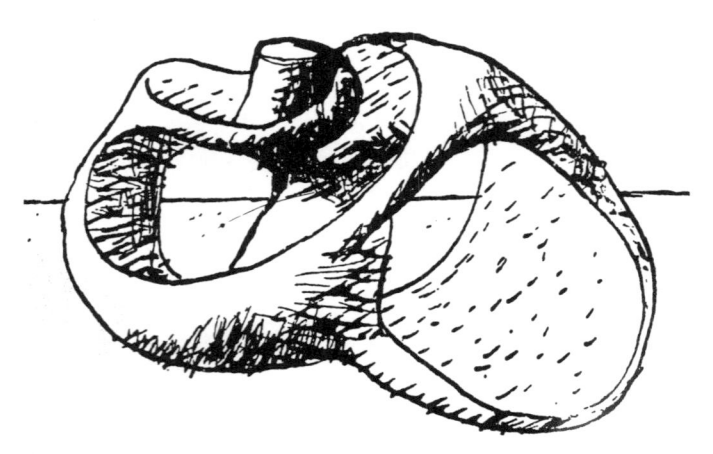

Contudo, percebam que se trata apenas de um meio incompleto de estabelecer o contato entre mestre e alunos e que seria melhor procurar uma fórmula eficiente.

Paralelamente ao ateliê de pesquisas que abriremos juntos, onde a coisa construída será estudada em suas diversas encarnações, desenvolvendo-se como a árvore (este símbolo magnífico), com suas raízes, tronco, galhos, folhas, flores e frutos, com seu programa, técnicas, temas diversos, proporções, eu gostaria de oferecer um curso, condensado e, claro, dedicado ao meio construído do país, mas reduzido às concepções essenciais que podem ser classificadas nestes termos: *estatuto do solo e volume construído*.

O volume construído é a concha do caramujo; o estatuto do solo é a horta onde nosso homem-caramujo encontra os alimentos material e espiritual. O homem e seu meio. E dessa maneira unem-se arquitetura e urbanismo; mais exatamente: arranca-se o urbanismo de sua desgraça atual de ciência de duas dimensões (nefasto instrumento posto nas mãos dos funcionários encarregados da conservação de estradas) e lhe confere a terceira dimensão, a única capaz de reunir os dados do problema em sua unidade, sua solidariedade, seu conjunto.

Nestas linhas, evoquei suficientemente o momento crucial nascido das forças atuais: algumas pertencem ao racional, a técnica que se aprende pontualmente; outras emanam da consciência e são cultivadas, só frutificando sob o efeito de um trabalho interior.

Se a intensidade animar alguns dentre vocês que desejam se reunir em uma comunidade inteiramente voltada à arquitetura, é possível que venha a se produzir o acontecimento espiritual desejado, o único capaz de iluminar nosso trabalho.

Paris, 17 de outubro de 1942

APÊNDICE

Biografias

Alexandre Gustave Eiffel (França, 1832-1923). Engenheiro, construiu pontes de estrutura metálica, viadutos e estações de estrada de ferro. Sua obra mais importante é a torre que leva seu nome, monumento edificado no Campo de Marte, em Paris, para a Exposição de 1889.

Anatole de Baudot (França, 1834-1915). Arquiteto, discípulo de Henri Labrouste e Eugène Viollet-le-Duc, foi arquiteto diocesano, dedicando-se ao trabalho de restauração e construção de monumentos religiosos. Sua principal obra, St. Jean de Montmartre (1894), primeira igreja construída em concreto armado, explora as possibilidades oferecidas pelo novo material.

August Perret (Bélgica, 1874 - França, 1954). Arquiteto autodidata, construiu sua obra por intermédio da empresa construtora de sua família. Foi um dos pioneiros do uso do concreto armado em estruturas que, a partir de 1903, deixou visíveis. Suas obras mais conhecidas são o Teatro dos Champs-Elysées, o edifício da rua Franklin, a garagem da rua de Ponthieu, o teatro da Exposição de Artes Decorativas de 1925 e a Igreja de Notre-Dame du Raincy, todas na região de Paris. Pesquisador da técnica das estruturas de concreto armado, é dele a célebre frase: "É preciso fazer cantar o ponto de apoio".

Charles Lemaresquier (França, 1870-1972). Arquiteto acadêmico chefe dos Bâtiments Civils et Palais Nationaux, do Ministério da Marinha, da Educação Nacional e da Agricultura. Nomeado primeiro inspetor de obra da Gare d'Orsay, em 1900, foi autor dos seguintes projetos: sede central de Félix Potin em Paris; Círculo Militar de Paris, Palais Berlitz, Escola Veterinária de Toulouse, entre outros.

Diógenes (Grécia, 400-325 a.C.). Filósofo cínico, acreditava que para viver corretamente era necessário abster-se de todas as coisas materiais e supérfluas. Conta-se que para comprovar sua tese morava num barril e vestia-se com uma única manta para cobrir-lhe o corpo.

Georges Henri Rivière (França, 1897-1985). Diretor do museu de etnografia do Trocadéro, revitalizou a instituição, transformando-a em centro de pesquisa e ensino científico, reconciliando a etnologia com as manifestações artísticas.

Giacomo Vignola (Itália, 1507-1573). Em 1550 tornou-se arquiteto do papa Júlio III. Uma de suas obras mais importantes é a *Villa Caprarola* (1547), construída perto de Viterbo.

Henry Labrouste (França, 1801-1875). Arquiteto, destacou-se pela utilização de novos materiais, principalmente o ferro, e pela busca da racionalidade construtiva. Suas obras mais conhecidas são a Biblioteca de Sainte Geneviève (1843) e o Salão de Leitura da Biblioteca Nacional (1862) em Paris.

Henry Paul Nénot (França, 1853-1934). Arquiteto acadêmico, foi vencedor do concurso para o Monumento a Victor Emmanuel em Roma (1877), que, no entanto, não foi construído. Foi arquiteto oficial da Sorbonne, construindo, reformando e adaptando vários de seus edifícios no período de 1882 a 1901. Em 1895, foi eleito membro do Institut de France da Academie de Beaux-Arts.

Jean Giraudoux (França, 1882-1944). Um dos dramaturgos mais importantes da França do século XX. Suas obras mais conhecidas são: *Anfitrião 38*, *A guerra de Tróia* e a *Louca de Chaillot*. Foi um militante e pensador sobre os problemas urbanos e o futuro da França. Seu livro *Pleins pouvoirs* (1939) é uma exaltação aos poderes da imaginação artística.

Paul Séjourné (França, 1851-1939). Foi o mais eminente construtor de grandes pontes em alvenaria, como o viaduto ferroviário de 236,7 metros de comprimento, localizado entre Thuès e Fontpédrouse (1906). Foi professor da École National de Ponts et Chaussés e publicou o célebre tratado *Les grandes voûtes*, em 1913.

Tony Garnier (Lyon, 1869-1948). Arquiteto, formou-se pela Escola de Belas-Artes de Paris, em 1889. Estabeleceu-se em Lyon, sua cidade natal, onde desenvolveu numerosos trabalhos como o Matadouro de La Mouche, o Hospital Grange Blanche, o Estádio Olímpico. Às vésperas da Primeira Guerra Mundial, graças ao empenho de Garnier, Lyon afirmou-se como a cidade do urbanismo moderno. Mas foi com seu projeto para uma cidade industrial ideal para 35 mil habitantes que Garnier ficou conhecido como um dos principais precursores do movimento moderno. Concebeu e desenhou uma cidade inteira, da infra-estrutura a casas e o mobiliário em seu interior.

Urbain Cassan (França, 1890-1979). Arquiteto, discípulo de Le Corbusier, realizou as seguintes obras: Estação de Saint Quentin (1926) e de Noyon (1927) e a Torre de Montparnasse (1969).

Edições brasileiras das obras de Le Corbusier

A arte decorativa (trad. Maria Ermantina Galvão Gomes Pereira, São Paulo, Martins Fontes, 1996).
Carta de Atenas (trad. Rebeca Scherer, São Paulo, Edusp, 1989).
Homem, uma célula (São Paulo, FAUUSP, 1965).
Os três estabelecimentos humanos, 2ª ed. (trad. Dora Maria de Aguiar Whitaker, São Paulo, Perspectiva, 1979. Col. Debates).
Planejamento urbano, 3ª ed., 1ª reimp. (trad. Lúcio Gomes Machado, São Paulo, Perspectiva, 2004. Col. Debates).
Por uma arquitetura, 6ª ed., 2ª reimp. (trad. Ubirajara Rebouças, São Paulo, Perspectiva, 2004).
Urbanismo, 2ª ed. (trad. Maria Ermantina Galvão Gomes Pereira, São Paulo, Martins Fontes, 2000).

1ª **edição** Abril de 2006 | **Diagramação** Megaart Design
Fonte Palatino | **Papel** Ofsete Bahia Sul
Impressão e acabamento Corprint Gráfica e Editora Ltda.